文芸社セレクション

錦眼鏡

イカラシ 勇貴

IKARASHI Yuki

文芸社

JN166201

目次

美しく忘れて

「なにしに来た、この――はげじじい！」

施設の中に、聞き慣れすぎた声が響く。私は固まって動けない。

はげじじい、というのは他でもない、彼女の旦那の私のことなのだが、私が胸を痛めていたのはその言葉の刃に対してではなかった。

また、始まった。始まってしまった。

ほんの二ヶ月前も、私は彼女から罵声を浴びせられた。

それから気の遠くなるほどの日にちを経て、ようやく近頃は良い旦那になれていたはずだったのに。記憶にも、周期のようなものがあるのだろうか。

「奥さん、落ち着いて――旦那さん、すいません。今日は少し――」

「え――しかし、あの」舌が痺れる。上手く言葉が出ない。

「大丈夫ですよ、きっとまたすぐ治りますから――大丈夫そうなら、またこちらから連絡差し上げますので、今日のところは――すいません」

施設の職員は慣れっこを演じてくれていたものの、その瞳の奥には『またか』という感情が隠しきれていないように見えた。

それも当然だろう。二ヶ月前から数日前に至るまで、熱心に彼女と向き合って、私を〝ろくでもない浮気者〟から〝奥さんを愛し続けている良い旦那〟にしてくれたのは、彼女と毎日顔を合わせていた、彼らなのだから。

先に断っておく。私は正真正銘疑いようもなく、後者だ。

「お父さん、行くよ」

「あぁ――」

職員と娘夫婦に促され、私は一歩、また一歩と彼女から離れていく。後ろ髪を引かれる思いだったが、こうなってしまっては私は施設にいられない。どのみち、私自身も限界だった。

そそくさとその場を後にしながら、私はこれまでの日々を思い返していた。

また、会えない日々が――次は、いつになったら――

施設から遠ざかっていく車内で、こみ上げそうになる涙を外の景色を見てごまかす。私の涙は、娘夫婦に気を遣わせるには十分すぎる力を持っている。これ以上負担をかけたくないと踏ん張るのも、一種の親心だと思う。

妻の認知症が発覚したのは、二年前のことだった。

常に一緒にいて変化に気付きにくくなっていたからか、私は妻が衰えていることにいつまでも気付いてやれなかった。

そんな時、ふと会いに来てくれた娘夫婦が違和感を覚え、彼女らの紹介で専門医に診て貰った結果――――妻は、軽度の認知症だと診断された。

当時の私は信じられなかったし、それほど危険視もしていなかった。人間、老いたら誰しも物忘れが激しくなるものだ。

実際、その診断から一年もの間は、物忘れの程度にそれほど進行は見られなかった。診断当時から少し毛が生えた程度のものだったと思う。

それが大きく変化したのが、今からちょうど半年前のことだった。

それまでは話していたことをすぐ忘れてしまう、程度だったものが、生活に支障を来し始めたのだ。

これまで付き添ってきたパートナーが、トイレや風呂に一人で入れなくなっていく様子を見て、私は戦慄した。

その動揺からか、私は既に現実を見られなくなっていた。今後どうしていけばいいのか、分からなかった。

そんな私を横目に、半ば呆れていただろう娘夫婦が介護施設を探し、そこに妻を入れることを提案してくれた。

当時はすぐに了承できなかった。単に私は、彼女と離れたくなかった。長年一緒にいるのが当たり前になっていたからこそ、離れるのが怖かったんだと思う。

娘夫婦が主張する〝老老介護〟の危険性も分かる。正論だ。彼らは何一つ、間違っていない。

それでも、受け入れがたかった。こんな歳にもなって、子供じみていることは自覚している。それが一層むなしくなって、彼らに対してふて腐れながら従った自分に、今でも失望する。

男とは、こんなに弱いものなのだろうか。こんな男は、私だけなのだろうか。そんな私を置いて、初めは嫌がっていた妻もすぐに施設には慣れたようで、ほんの一、二週間で彼女は笑顔を浮かべることが多くなった。唯一の反対材料もなくした私は、肩を落とすことしかできなかった。

しかし、時々施設から送られてくる写真の中にいる彼女は、なんだか少女時代に戻ったかのように、無邪気さに溢れていた。

その様子に私は若干の寂しさを覚えながらも、どこか安堵していた。彼女の幸せが、私の胸に空いた大きすぎる穴を埋めてくれていたのだろう。

その心が一気に渇ききったのが、あの二ヶ月前である。

「私を裏切ったはげじじいが、こんなところでなにしてる！」

私は目の前のその女性を、瞬時に自分の妻だと認識できなかった。その剣幕を前に、私は言葉を失った。

信じられない。こんなの、こんな顔。彼女はこんな、こんな表情をする人じゃない。

『まったく、このじいさまは。そんなだから髪の毛が離れていくんですよ』

こんな朗らかな小言なら、何度だって聞いた。私はその度、自虐的に笑ったものだ。

私はそんな空間を愛していたんだ。それがどうして、こんなことに。

職員さんの話によると、妻の頭の中で私は〝自分がいなくなった家に何人も女を呼び、浮気し放題な最低な旦那〟に改変されているのだという。

これまた私は理解に苦しんだ。浮気など、疑われるようなことさえした覚えがない。

しかし職員さんからすると、このようなことは決して珍しいことではないという。

認知症患者は想像と現実の区別がつかず、自分の想像がいつの間にか自分の中の事実となってしまうことがある。その認識を外の人間が変えることは至難の業で、結局は時間と運の勝負となってしまうのだそうだ。

それを聞いて一層、私の全身にはヘドロのような絶望が走った。彼らの私を想っての助言が、当時の私の心にトドメを刺してしまったのだった。

それからはしばらく、娘夫婦しか面会に行けない日々が始まった。

前述の理由によって、娘夫婦の説得も焼け石に水だった。それどころか、無理矢理私の冤罪を晴らそうとすると、当の娘夫婦のことすらも信用できなくなってしまう危険性があったことから、彼らにも本格的に為す術がなくなってしまっていた。

その間、私は情けなくも家で一人、ずっと泣いていた。しかしどれだけ涙を流しても、心に安寧は訪れなかった。どうやら心の渇きは、涙では潤わないらしい。

最終的に二ヶ月前の大誤解は時間という名の無機質な味方が彼女の認識を改変させ、私は晴れて無罪となったのだった。

許されてから今の今まで、期間でいうと数週間だろうか。私は人心地だったのと同時に、常に認知症という病に怯えていたように思う。

そしてこの突発的な絶望が、またもや私を襲った。正直、あの場で赤ん坊のように泣きじゃくってやりたかった。

そうやって無理矢理堪えた涙腺は、娘夫婦が無事に私を家まで送り届け、後は降りるだけ、という最後の最後で決壊し、結局彼らには気を遣わせてしまうこととなった。

情けない。それでも、耐えられなかった。

私の要望で、娘夫婦にはすぐに帰ってもらった。彼らは一瞬目を見合わせてためらう様子を見せたが、私の表情を見たせいか、すぐに帰り支度をして帰路についてくれた。

こんな父親ですまない。その言葉はあえて、言わなかった。

彼らがいなくなった家で、私はぼうっと立っていた。

一人になってからも変わらず作っていた晩ご飯も、今日ばかりはそんな気分になれない。第一、喉にものが通る気がしない。

意味もなく部屋をふらふらと徘徊し、羽虫が枝に留まるように長椅子に腰掛けた。目の前の机には大量の雑誌や新聞が散乱している。

こいつらももう、ただのゴミの山だな。

私は埃のかぶった思い出の山に手を伸ばし、草木をかき分けるように乱雑に手を動かした。

ちらちらと視界に映る文字や絵が、それらを楽しそうに見て笑う彼女の姿を、私の脳裏に映し出す。

今はこんな幸せな回想にすら、目を覆いたい気分だった。

そんな私の視線を無理矢理誘導するように、テーブルから一枚の紙のようなものがするりと抜け落ちた。

ふとそちらに目を向けると、そこには優しく微笑む彼女と、一匹の犬が居た。

焦げ茶色の綿毛を身に纏ったポメラニアンが、こちらをまっすぐ見つめている。

あぁ、妻はこの子がとても好きだったなあ。四六時中、肌身離さず抱きかかえていたっけ。

いけない、そう思うよりも早く、私の涙腺は熱を持ち始めた。堪えようもなく私はその場ですっと立ち上がり、涙をごまかすために目を拭いながら、再び部屋を徘徊する。

なにか、なにかないか。今だけでいい、なにか夢中になれるもの。私が今求めていたのは、気が付くとあっという間に時間が経っているという、あの感覚だった。

その時、私の歪んだ視界には一つの虹のようなものが映り込んだ。その鮮やかな色々は、これまた整頓されていないロッカーに雑に詰め込まれていた。

昔から趣味で描いていた水彩画の画材。気を紛らわすにはぴったりな気がした。

古びた雑誌類を跳ね除け、慣れた手つきでそれらを机に広げると、私はふたりで生きてきた映像の中から、頭の中で犬と妻の部分だけを切り取った。

そうして過ぎていく時間に気もとめずに描き続けていると、数時間後には我ながらよい再現絵が完成した。

しかも目の前のそれは、水彩画の影響か、当時の映像よりも更に磨きがかかっているようにも見えた。

「ばあさん、見てくれ。いい絵が――」

つい喜びを共有しようとした言葉が、空を切る。

そうか。もうこんな些細なことすらも、彼女とは分かち合えないのか。私は彼女と私の絵を前にして笑い合ったことを思い出し、再びうなだれた。

彼女は私の絵を好いてくれていた。また、見てもらいたいものだな――儚い願いと共に絵を撫でていると、ふと夕陽が窓から差し込み、私の絵を照らした。水彩絵の具が水と共に乾き、色合いを変えていく。

そうだ、乾いたら封筒に入れておこう。それでまた会えるようになった時に、持っていってやるんだ――そう思い立ち封筒に手を伸ばそうとした時、私はあることに気が付いた。

待てよ、今、会いに行けないのは、私だけだ。封筒に入れたものは、無事彼女の元へと届けられる。私の絵は、私の絵だけならば、彼女に見てもらえるじゃないか。

私はすぐに絵を茶封筒に詰め、なにかに誘われるようにポストまで走った。


それから私は、がむしゃらに描き続けた。

一日一枚。家から見える風景や、ふたりの思い出。思いついた全てを、一枚のはがきに描き殴った。

施設の人や娘夫婦によると、その絵は全て本人によって破り捨てられているらしいが、そんなことはどうでもいい。もういっそ私のことなど恨んでくれてもよいのだ。

なにか、少しでも彼女と、共に生きた思い出を共有できさえすれば。

紅葉が目立つようになった秋の日。

その日も、施設には綺麗な水彩画が送られてきていた。今日は、どこかの山の風景らしい。近場ではないようなので、きっと旦那さんの思い出だろう。

初めに送られてきたのはいつ頃だったか――既に半年は経っている気がする。

これほど愛情のこもった絵が破られる様は、見ている側も辛い。私は憂鬱な気持ちを隠せぬまま、今日も送り主へと絵を届けた。

「奥さん、今日もきれーいな絵が送られてきましたよー」

「絵？　なにい、あたし絵なんて頼んでないよ」

「まぁまぁ、そう言わずに」

私がはがきを手渡すと、奥さんは絵にぐいっと顔を近づけた。

来る――私が無意識に顔を逸らすと、後ろからは紙が破られるような切ない音の代わりに、澄んだ声が響いた。

「あら、これじいさまと行ったとこじゃない。懐かしいわねぇ。そういえば、じいさまは元気にしているのかしら」

あの人、あの味、あの香り

「ありがとうございやしたー」

疲れ切った目をした青年が、私の目も見ずにそう告げる。派手な髪色とピアス穴からして、歳は大学生くらいだろうか。

普段通り、私はコンビニでルーティンと化した商品らを購入し、冷たい一人暮らしの家へと帰る。

今日は火曜日。私は抹茶ラテと菓子パンを買った。

中にミルクや練乳が入ってようが、私にとって抹茶系統のものは〝記憶の引き金〟のようなものだった。

「どうぞ、入っといで」

まだ幼い手で、背伸びしながらインターホンを押した私を、包み込むような声色が家の中へと導く。日曜の午後。この家はいつだって、私のために鍵を開けてくれていた。

「おじゃましまあす――」

中に入ると、私の視界は臙脂《えんじ》色に埋め尽くされる。そこには不思議な模様が施されたカーペットが敷かれていた。大きすぎず、小さすぎず。上品な佇まいで敷かれたそれは、その先にある厳格な空気感をこちらに悟らせる。たちまちまと靴を直し正面を向くと、そこには焦げ茶色のすだれがかかっていた。

丁寧にかき分け、私は家主を探す。

「こちらですよ」

私を呼ぶ声がしたのは奥ゆかしく飾られたリビングからではなく、私の真後ろに位置していた質素な和室からだった。いつもと違う展開に、私は肩を持ち上げて驚いてしまった。

「あ、あぁ。こんにちは。これ、入っても――――?」

「ええ」

まるで喉全体が音叉となっているかのように、その声は私の耳に心地よく響き渡った。

私は腰が引けながらも、ゆっくりと襖を開けた。

その和室には薄い布で作られた私の座る場所と、ぐつぐつと煮えたぎるお湯の入った釜があった。

部屋には大人になった今でさえよく知らない道具がたくさん並んでいたけれど、きっとどれも、なにかの茶道具なのだろう。

釜の真ん前に、その人は座っていた。

細身で、それでいて目にはきりっと光が灯っている彼女には、老いによる弱々しさのようなものは感じられなかった。年齢は教えてもらえなかったけれど、きっと七十は超えていたと思う。この人にはきっと荘厳な着物が似合うだろうと、私は何度も妄想していた。

「たしか、少し前に大きなテストがあったんですよね。ちゃんと、できましたか」

「うっ――で、できました――」

こちらを見ずに柄杓でお湯を混ぜながら、彼女は小さく笑った。私はいつも通りゆっくりと、自分の場所に座る。

「あの――前も聞いたかもなんですけど、こういうのってルールみたいなのありますよね。私、何も知らなくって、いいのかなって」

私はなんとなく、茶道というものの細かさを知っていた。だからこそ、それらを破りながらお茶を楽しもうとしている自分が、その場から弾かれているような感覚に陥ったのだった。

彼女は、ゆっくりと目線を私に移し、そして再び釜に戻した。

「この時間は、楽しいですか」

その言葉は柔らかく、鋭かった。

「もちろんです。ここに来るの、大好きなんです、私。毎週の楽しみで」

嘘ではなかった。ここでしか味わえない空気感。美味しいお茶菓子と抹茶。そして彼女。梅《うめ》さんと話す時間が、小学生の私にとってこの上なく至福だった。

「なら、それでいいんです。茶道だって、昔の人が楽しむためにできたんですから。本質は、そこなんですよ」

そう言いながら身体の向きを変え、紙にお茶菓子を広げる梅さんは、形式美そのものだった。

「だからこれからも気軽に、この老いぼれに、若い力を分けてやってくださいな」

お茶菓子を私の目の前に置いたかと思うと、梅さんは私に頭を下げた。私も慌てて頭を下げる。

ふと、私の心を心地の良い音色が浄化した。この時間、私の意識は梅さんの手元にのみ集中する。

無駄がなく、指先まで美しさを孕んだ動きは、より一層抹茶の香りを引き立てる。鼻の付け根をくすぐる、一面の緑。身体の無駄な力が抜けていくようだった。

ピタリとその動きが止まると、梅さんは茶筅《ちゃせん》をそっと立て、再び私の前に茶碗を挟んで座った。

私は慎重に茶碗を持って、泡だらけの抹茶を口に運んだ。

表面の泡に含まれる香ばしさ、その深み。一瞬自分は茶畑にいるのではと錯覚するほどだった。背筋を撫でるような苦みは、時間と共にじわりと口内に広がり、まろやかな風味へと姿を変えた。

加工され尽くした抹茶の飲み物を片手に、私はそんな淡い記憶をたどっていた。

『あなたはこの味が分かるくらい、大人なんですよ。いい意味でも、わるい意味でも。時には力を抜いてご覧なさい』

梅さんの言葉が、抹茶の味と共に頭に響く。

『ほら、肩の力を抜いて。ずうっと力を入れてたら、呼吸はできませんよ』

目まぐるしく過ぎていく毎日。考える暇さえ許されないほどだった。

目を閉じ、梅さんの姿を頭に思い描く。

――決めた。近いうち有休をとろう。そして梅さんに会いに行こう。

お茶菓子くらいしかお供えできないけれど。梅さんが天国で抹茶と共に楽しんでくれるように、とびきりよいものを持って。

家守

最初に働いたのは、聴覚だった。さらさらとした川のせせらぎの音が耳をくすぐり、僕はゆっくりと目を開ける。

今日は、川の近くにでも来ているのかな。

透明な窓のようなものから外を眺めると、朝日が水面に反射して僕の目を差した。僕はつい目を細め、目が光に慣れるのを険しい表情で待った。

しばらくすると視界には一面の緑が広がり、所々には名残ともいえるコンクリートの灰色が顔を覗かせていた。その景色を真っ二つに縦断するように、小さな川が流れている。

「おはよう、ヤモちゃん」

僕は壁を優しく撫でながら、日課の挨拶を済ませる。手には苔のふわりとした感触と、樹木特有の柔らかさを孕んだ硬さが伝わってきた。

今日も調子が良さそうでなによりだ。

僕が生きているこの時代。家は生きていた。

それは比喩的な表現ではなく、紛れもなく『生命』として、生きていた。

とはいえ、そんな家それぞれに意思や感情があるのか、というと、それは未だに解決されていないらしい。

しかし、かつての生物学者はこう言った。

『生きている、とは、〝循環〟していることを言うのだ』、と。

家に限らず、この時代において人間の側にある物体は大抵、これに該当している。

僕たち人類は、この循環システムを勝手に応用し、便利に生きていた。

少し前の人類は、遺伝子操作という画期的な発明をした。それは、既存の生命を人類の都合の良いように改造できる、まさしく夢の技術だった。

それらはまず、食用の植物などで一気に注目され、すぐに建築用の木材にも応用されるようになった。果てには家畜を始めとした、自然界の生物にまで手を伸ばしていく。

こうして人類は数多の植物や動物の遺伝子を操作し、自分らなりの〝生きやすさ〟を作り出していった。

植物が地面から水を吸い出す性質を利用し、それを過剰に設定することで地面から水をくみ上げることを可能にしたり、生物が血小板などを用いて傷を修復する性質を利用し、壁を含む物品についた傷が瞬く間に修復される製品が開発されたり。

挙げ句の果てには、植物が太陽光を求めて葉を伸ばす性質を利用し、植物を自走可能とすることまでもが可能となった。

そんな目を見張る発明の数々が寄せ集まってできたものが、僕の家だ。

僕は樹の洞穴のような場所に住んでいた。

昔の人が聞けば、なんとも住みづらそうな印象を持たれるかもしれない。しかしこれがどれほど快適なものなのかということは、これまでの技術革新の過程が証明していると思う。

賢い人が散々悩み、考え抜いて、この生活を望んだのだから。

僕の家は、中くらいの樹だった。それでも横には広く、樹の上部は歪に膨らみ、人間も住めるような大きさに変形していた。家族三人が暮らせるように、器用に部屋分けまでされている。

内装はモダンで、樹の木目が顕著に表れていた。小さい頃、この木目に異様に怯えていた覚えがある。

僕はそんな家が、大好きだ。

樹から湧き出る水で顔を洗い、枝に掛かる服を身に纏う。

着ていたパジャマは適当に丸め、部屋の隅にある不自然な窪みに放り投げた。ここに投げておけば、数時間後には微生物らによって汚れのみが分解される。

その後で勝手に植物の吸収機能によって水分が吸収され、簡易的な脱水までしてくれる。

洗い終わった衣服からは毎度、懐かしさを感じさせるような優しい匂いがした。

近所の気のいいおっちゃんに貰ったパンをかじりながら、僕は商いの準備を始める。

ほつれかかっている風呂敷を広げ、床に散らばっている人形を詰める。これらは全て、家から削り出した木材を僕が加工して作ったものだった。

「髪型良し、顔も洗った、服も良し、人形も持った——うん、おっけい」

玄関の鏡で容姿を確認し、僕は扉に手をかける。

「今日もいくぜ、ヤモちゃん」

僕は慣れた足取りで階段を飛び下り、派手に着地した。

人形が傷ついていないかを確認し、家の真下に風呂敷を大きく広げる。すると風呂敷の中からは幕開けの挨拶をするように、人形がコロコロと転がり出た。

僕は慌てて倒れている人形たちを起こしてやり、お客さんからの見栄えを一番に考え、一体一体綺麗に並べていく。

人形たちが全員自分に背を向けていることを確認し、僕は露出した根っこに腰掛けた。そして大きな声で、街行く人に呼びかける。

「さあさあ！　上質な木の人形はいらんかねー！　木造の家の雰囲気にぴったりだよう！」

先ほどまでフラフラと歩いていた人らの目が一瞬、こちらを向く。

そしてすぐに、地面や進行方向に目線を戻す。

この商いを始めてから、嫌というほど見た光景だった。

「お――――？　おいおい、これはケンちゃんじゃねえか、奇遇だなあこれは」

その中で唯一こちらに目を向けたままだった人影が、ゆっくりとこちらへ向かってくる。その顔を確認すると同時に、僕は目を輝かせた。

「こりゃあ源《げん》さん！　いやあ、何日ぶりかなあ。前にあのデカぶつの近くで会ったきりだよなあ」

「ああそうだ、思い出した。俺たちみたいなのがこんなに早く再会できるなんて、そうあるもんじゃねえ。お祝いも兼ねて一つ、買ってくよ」

源さんはニッと笑うと、前屈みになって人形を眺めた。

「ほんとかい！　じゃあ大は千円、中は千五百円、小は二千円だよ」

「あぁ、そうだったそうだった。なんで小さい方が高えんだって、言い合いになったこともあったたな」

「そうそう。小さい方が作るのが難しいんだって、源さん何度言っても分かってくれないんだもん」

僕がそう言うと源さんは「悪かった悪かった」とニコニコしながらしゃがみ、指を差して「これにしよう」と人形を選んだ。

選んだのは小の人形だった。

「え、いいのかい！」

「ああ。俺はケンちゃんの作る人形が好きなんでな。純動物がモデルなんだっけか？　なんつうか――綺麗な気がしてな。今でも飾ってあるぜ、玄関を彩ってくれてる」

純動物とは、この世界で未だに遺伝子操作を受けてない、まっさらな動物のことだった。

僕は源さんからお金を受け取りながら、噛みしめるように頷いた。

「ありがとう――そう言ってもらえるのが一番嬉しいよ。でもすごいなあ、小が売れるのなんていつぶりか」

「いいんだいいんだ、さっきも言ったろ？　こんな再会、中々ないって」

そう言う源さんの表情は少し、悲しそうに見えた。

源さんの言う通り、移動する家に住む僕らがこんなにも早く再会できることなんて、滅多にあることじゃなかった。

この時代の住居は、大きく分けて三パターンある。

一つは任意の場所まで家が移動していき、ある地点で停止するような、所謂

〝目的自走型〟のもの。

職業柄、稼ぎ頭が何度も転居を繰り返すような家庭などはこれを購入し、毎度職場の付近に移動して定住する、というのがセオリーだった。

加えてこのタイプは最も一般的というのもあり、作りが全体的にしっかりしているという特徴があった。

それが故に、一つの建物に何個もの部屋が区分けされており、何世帯もが暮らせるようになっている——所謂アパートのようなものも、この形態が一般的だった。

当然、この場合はある一世帯の都合で移動するわけにはいかないので、〝動くことのない目的自走型〟という矛盾の塊のようなものが生まれていた。

昔はそんな目的自走型を見て、羨ましがったりしていたっけ。今となってはヤモちゃん以上はないと、胸を張って言えるけど。

二つ目は、以前源さんと会った時に近くにあった、〝デカぶつ〟のようなタイプ。これは〝大樹固定形〟と呼ばれ、大概は俗にいう金持ちが住んでいるか、観光地のような場所に宿として建っているかのどちらかだった。

このタイプは目を見張るほどの大木に数え切れないほどの部屋数が割り振られており、部屋の中には最新型の設備が備わっていて、この上なく過ごしやすいのだという。

大樹固定型、というだけあって、このタイプの建造物は基本的に一切動くことはない。

ただ建造物として育てられた場所で根を張り、訪れた人と共に生きていく。

そして最後の三つ目が、僕らのようなのが住んでいる不規則に動き回るタイプ。

これらは目的自走型に至るまでに生まれた〝旧型〟――いわば、失敗作だった。

目的自走型は行き先を指定でき、その目的地以外を彷徨うことはない。だから エネルギー効率も良いし、突拍子もない場所に飛ばされる心配もない。

しかしここまで改良されるまでには苦難も多かったようで、その改良途中で

〝行き先を指定できないけれど、自走可能な住居〟というものが生まれた。

そんな改良途中の旧型が今でも使われているのには、それ相応のニーズがあるからなんだろうと思う。

まず旧型は目的自走型に比べて安価な傾向がある。それ故に、僕らみたいな裕福でない人たちにとっては良い住まいとなる。加えて、旅人のように行き先を決めずに放浪したい人にとっては、安価でかつ雨風もしのげる旧型はうってつけなのかもしれない。

逆に言えばそうでもない限り、この旧型は不便な要素の方が目立つ住居だ、というのが一般論なのだろう。

このように、これら三つの住居にはそれぞれ長所や短所がありつつも、同時にそこには間違いなく格差というものが存在していた。

昔話に花を咲かせていると、ふと僕らは嫌な視線のようなものを感じた。

「あの人たち――旧型の集まりじゃない？」

「そうよ、あのサイズと貧相ななり。絶対にそう。しかもあの子、あんな歳から健気に商売なんかして――かわいそう」

「きっと両親がろくでもないのよ、ほんと、見てらんないわ」

望んでもない慈悲ほど、切なくなるものはない。

初めは聞こえない振りをしていた源さんも、堪忍袋の緒が切れたように彼女らの方を睨んだ。

「なんだお前ら。なあに知ったようなこと言ってやがる。お前らには関係ねえだろう。それともなにか？　人形、買ってくのか？　そうじゃねえなら、とっとと失せな」

中年かと思われる女性ら二人は、源さんの目と口調に一瞬ギョッとすると、すぐに顔をしかめた。

「ま、なんて言葉遣い――そんなだから――」

「ほんと。行きましょ、ああ気分悪い――」

尽きない小言と共に彼女らは去っていく。服装や進行方向からして、彼女らはデカぶつの住民ではなさそうだった。しかしそれは『そこらの目的自走型の住民から見ても、僕らは憐れみの対象でしかないのだ』ということと同義であり、それが僕らの心を改めて刺した。

「ケンちゃん、気にすることねえぞ。きっとご両親だって、今でもケンちゃんのこと――」

「大丈夫だよ、源さん。ありがとう。僕にはほら、ヤモちゃんがいるから」

居心地が悪そうに僕を励ます源さんの言葉を遮り、僕は根っこを手のひらでポンと叩いてそう言った。

周囲の目線とは裏腹に、なめらかで柔らかい手触りが僕の手のひらに広がる。

「なんだかさ、僕はいつでも、ヤモちゃんに守られてる気がするんだ。現にほら、見てくれよこの綺麗な木目。この手触り。こりゃあ、他にない〝味〟があると思うんだ」

「――違いねえ。きっとヤモちゃんなりに、ケンちゃんを守ろうとしてるんだろうよ」

ヤモちゃんに手を当てて思いを馳せる僕の隣で、源さんもヤモちゃんに触れながらそう言った。

半ば自分に言い聞かせたような言葉だったけど、僕はしばしば、本当にヤモちゃんに守られているのでは、と思うことがあった。

そういう時、僕は大抵過去のことを思い出す。その記憶の中にはどこにでも、両親の顔が色濃く映っていた。

両親は、僕が四つの時に死んだ。詳細は聞いてないけれど、事故だったらしい。

僕の家に突然、両親が骨となって届けられた。その時初めて、人は死ぬと骨になることを知った。

旧型の家に住んでいるくらいだから、頼れる親族なんていなかった。

そんなどうしようもない僕を助けてくれたのが、当時周囲にいた大人たちだった。

昔から繋がりがあったわけでも、両親から僕を託されたわけでもない。正真正銘赤の他人だったはずの彼らは、僕を献身的に支えてくれた。

源さんは、その内の一人だった。

ある日、僕が骨の入った袋を両手に抱えて、大人たちに尋ねた。大人たちはどよめき、頭を抱えていた。

「これ――どうしよう」

当時の僕は、目の前の両親だったものを、どうすればいいのか分からなかった。形式を知らなかったのもあるだろうけれど、それ以上に、何も考えられなかったし、考えたくもなかったんだと思う。

「一応――骨壺に残しておこう。俺たちで金出し合って、いいものを取り繕ってやろうぜ。入らなかった分は――そうだ、埋めてやったらどうだ？家のすぐ下に」

誰かがそう言った。周りの大人たちも、それがいい、そうしよう、と賛同していた。僕はその行為の意味を知らなかったけれど、なんとなく両親がヤモちゃんの一部になる気がして、内心乗り気になっていた。

今になっても、その決断を後悔したことはない。

皆でせっせと骨を埋めた日から、二日もの間。ヤモちゃんは珍しく、その場を一ミリたりとも動かなかった。そんなことは初めてで、正直戸惑った。

でも、ヤモちゃんもあの二人と少しでも一緒にいたいと思ってくれているのかな、と考えると、変に自分の中で納得できてしまって、それ以上気にすることはなかった。

しかしそれから約二週間後。ヤモちゃんの身体に変化が訪れた。

いきなり全体の質感が変化したのだ。

元はただ硬く、なんだか冷たい感じのする、いかにも量産型の代表といえるような質感だった。それが暖かく、それでいてどこか柔らかさを感じられるようなものに変化した。

例えるなら、そう、それは人のぬくもりが内在しているようだった。

こうなってからのヤモちゃんから出た廃材は、加工するのにもってこいの質感だった。

昔から両親がヤモちゃんのいらない部分を彫刻刀で加工して、いろんなものを作っては僕にくれていたけれど、その質感には天と地ほどの差があった。なんの取り柄もなかった僕は七つの時に両親の彫刻刀を握り、両親の真似事を始めた。

初めは汚く、宝の持ち腐れのような塊が沢山できたけれど、一年もするとある程度形になった。

それから五年経った今でも、僕は人形作家として生きている。

「にしても、だいぶ離れたなあ――前会ったとこから」

話題を変えようとしたのか、源さんは僕の顔を覗き込むようにそう言った。

「そうだね――でも良かったよ、あのデカぶつの近くじゃあ、人形が売れないんだもん」

「そうなのか？　金持ちの方が好きそうなのにな、こういうインテリアみたいなのって」

源さんは改めて人形を眺める。

「住んでる世界が違うってだけで近寄ってこないんだよ、あの人たちは」

僕がそう言うと、源さんは心なしか哀しそうな顔をした。

まずった、と思った僕が「ごめん、悪かった。人形、もう一個おまけするよ」と言うと、源さんは「いいんだ、気にしてねえ」とそれを拒んだ。

「まあ、なんだ。あれは神木みてえなもんだからな。住んでるヤツも鼻が高くなってんだろ」

源さんはデカぶつの方を見つめている。その目はなんだか虚ろだった。

「そんな大層なもんじゃないと思うけどね――僕は」

何かを知っているように語る源さんに、僕は怪訝な顔を向けた。

金持ちが住む家には神が宿るとでも？　そんな馬鹿な――

「いや、なんでもねえ。どちらにせよ、あれから離れられたのは良かったな」

源さんは僕の頭をくしゃくしゃと撫で、暗い顔を見せずに姿を消した。

「んー、今日はどの辺にいるのかなーっと」

源さんと会った次の日の朝。伸びをしながら窓の外を眺めると、僕はその光景に自分の目を疑った。

デカぶつが、昨日より近づいている。しかも、急激に。

勿論、旧型のヤモちゃんは移動速度や移動距離もまばらだ。何十メートル進むこともあれば、数メートルしか進まないこともある。

僕もその変化には慣れている。しかしそれでも明らかな違いを感じられるほどに、今日の移動距離は異常だった。

それに加えて、なんだかヤモちゃんの調子が良くないような気がした。

「どうしたんだろう――なあ、ヤモちゃん」

壁に優しく触れた僕の指は、その違和感を確信へと変えた。

そこにいたのは、シロアリだった。

家が樹木である以上、シロアリを含めた様々な虫が家を好むのは仕方がないことだったが、それでも家の中に虫が出るというのは中々ないことだった。緑溢れるこの世界でも、虫などの小動物を生理的に受け付けない人は多くいた。そういう人らのためにも、室内には基本的に彼らが嫌う成分が充満している。

無論ヤモちゃんも例外ではない。それなのに今、シロアリは壁を食い破って僕の目の前に姿を現している。

つまり今、ヤモちゃんはシロアリがそこまでしてでも好むほどの質感になってしまっているということだ。

シロアリはふかふかの木を好む、といわれている。例えるなら、腐敗しきっており、触るだけでほろほろと崩れるような、そんな木に生息しているのだ。

僕は目視で確認できたシロアリを全て潰し、外に捨てた。幸い、ここまで食い破ってきた連中は数匹程度のものだったらしい。

しかしここまで穴がきている以上、更に奥に潜むシロアリたちは相当な数なのだろう。

室内にそのような物質を充満させ続けられるような樹木なのだから、その成分を生み出している樹木そのものには更に濃い成分が満ちているはずなのに——どうしてここまで傷んでしまったのだろう。

僕が首を傾げていたその時、追い打ちをかけるような羽音が窓の外で響いた。僕が窓を開けると、そこには帰巣本能をいじられた鳥がとまっていた。郵便だ。

彼の足下には、綺麗な便箋と、木の枝が置かれていた。僕がその二つを受け取ったことを確認すると、その鳥はどこかへ飛んでいった。

便箋をビリビリと破き中を覗くと、そこには嫌に綺麗な言葉で文がしたためられていた。

その内容を、僕は信じられなかったし、信じたくなかった。

手紙の概要はこうだ。

今ヤモちゃんは、最新のウイルスに感染している。このウイルスは現在まで研究が為されたことのないものであり、既存の方法で迅速に治療が行える保証はない。

しかし唯一、期待できる治療法がある。それは、ヤモちゃんをデカぶつに取り込ませ、デカぶつのシステムによって治療を進める、というものだ。

当然、取り込まれるということは、ヤモちゃんがデカぶつの一部になるということである。悲しいだろうが、どのみち放置しておけば住居は無事では済まない。賢明な判断を期待する、とのことだった。

僕は一通り読み終えた後で、眉をひそめた。既存の方法では助からない——？

家に何かしらの異常が起きた場合、僕らは基本的に〝家のお医者さん〟と呼ばれる人たちを頼る。正式名称は——居住型樹木専門技術者、といったかな。

彼らが取る一番の治療法は、添え木のようなものだった。

病にかかった樹木に、その病を克服した樹木の一部を加える。そうすることでその樹木は、病気に対抗する抗体を手に入れる。

ただ、家のお医者さんはあくまで、その家の症状に合った添え木を選ぶことしかできない。処方箋みたいなものだ。

ならば、どのようにして抗体を獲得した樹木を作り出すのか。その問題を解決するのは、国の研究者らだといわれている。

研究者らはまずその症状を分析し、それに合うように遺伝子を改変、その後で実際に植物を育成し、結果を見る。ここで期待できる効果が得られなければ、振り出しに戻る。

つまり、それが新たな病であればあるほど、膨大な時間がかかる。その間、ヤモちゃんが耐えられる保証はない。

今回のヤモちゃんのケースで懸念されている点はきっと、ここだろう。

しかしデカぶつは、このような手法とは大きく異なった治療法を取る。だからこそ、期間という最大の難問をあっけらかんと解決できてしまうのだという。

大前提として、ウイルスに対する抗体を手に入れて病を克服する、というプロセス自体は変わらない。異なるのはその手順だ。

デカぶつはなんと、ウイルスや病原菌を持っている樹木を己の体内に取り込み、その後で本体が解析を始めるのだという。半ば自殺行為にも思えるこの方法が理にかなっている要因は他でもなく、その規模にある。

デカぶつは数え切れないほどの樹木が一体となって形を成している。故に、そのうちの一つでも病にかかれば、それは枝分かれ方式で瞬く間に全体へと広がっていく。

一見するとピンチにも思えるこの状況こそ、彼らの作戦なのだという。

デカぶつはわざと全体に病を行き渡らせ、どれかの遺伝子がその病に対応して抗体を作ってくれるのを待つ。その間、建物自体はその規模の暴力により形を守る。

そしてそれは、外部から取り込まれた樹木も例外ではないという。故に、ヤモちゃんを守りたいのであれば大人しく協力した方がいい――というのが、彼らの言い分だった。

一通り手紙を読み終えて、僕は天井を見上げた。

生きているとはいえ、この家に感情や意志などの意識があるのかは分からない。けれど僕は、あれに取り込まれた時点で今のヤモちゃんは死んでしまうような気がした。

そしてそれは同時に、両親との決別も意味している。

「でもさ、ヤモちゃんは元気になりたいよな。共倒れするくらいなら、ヤモちゃんだけでもあんな良い環境で過ごすべきだし、僕はヤモちゃんに元気でいてほしいんだ。ヤモちゃんは――どうしたい？」

室内には沈黙が広がった。

「てかさ、ヤモちゃんが取り込まれてアイツの新しい部屋になるんなら、僕をそこに住まわせてくれたって良いよな。お金くれるんじゃなくてさ。僕はヤモちゃんと離れたくないだけなんだからさ」

僕が手紙の内容を即決できない理由が、これだった。

取り込まれた結果、ヤモちゃんの病気は治る。同時に、ヤモちゃんはデカぶつの一部へと作り替えられ、デカぶつの新たな部屋となる。

当然僕なんかがあんな所に住めるはずもなく、僕は目を見張るような大金だけを渡されて、新たな家を探さなくてはならないらしい。

それが、僕にとっては寂しすぎる事実だった。


次の日も、その次の日も。僕は放心状態だった。

それでも刻一刻と、その時は迫ってくる。ヤモちゃんの状態の悪化が、僕にそれを悟らせていた。

フラフラと部屋を徘徊し、蛇口を捻る。掬った僕の手に溜まった水は、赤黒く濁っていた。

水は――川かどっかで適当に汲んでくるかな――

桶を探そうと首を回すと、そこには鳥が置いていった枝が転がっていた。僕はその置き土産を手に取り、再びベッドに横たわる。

この枝を接ぎ木することで、ヤモちゃんの中にあのデカぶつの成分が入り、ヤモちゃんは一種の帰巣本能によって、まっすぐデカぶつの方へと向かうのだそうだ。

同時に、それまでは期限付きの防衛本能で病の進行も食い止められるという。なんともできすぎた話だと、無知ながらにそう思った。

僕は家中を見渡し、その節々に、ヤモちゃんとの記憶を重ねた。

寂しくなった時、ヤモちゃんは部屋の中に小さな花を咲かせてみせた。花びらは白く、中心は綺麗な薄黄色をしていていい匂いがしていた。

眠れない時、ヤモちゃんは家全体を心地よく揺らしてみせた。ただ移動していただけにしても、その揺れは確かに僕の赤ん坊の頃の記憶を刺激した。

周囲と自身の境遇を比べてなにもかもが嫌になった時、ヤモちゃんは家全体に日光を入れてみせた。部屋とともに自分の心までもが晴れ渡っていくのを、今でも覚えている。

その全てがただの偶然だとしても、僕はそんなことがある度、ヤモちゃんのことを大好きになっていった。だからこそ僕は、手放したくないと思ってしまっていた。けれど。

「今度は、僕が恩返しするから。今までありがとうね」

僕は近くにあった彫刻刀でヤモちゃんの細枝を切り落とし、そこにあの枝を固定した。

これで、良かったんだ。僕にとってヤモちゃんは家族の一員。最後に残った、たった一人の家族なんだ。たとえ離ればなれになるにしても、どっかで生きていてくれるなら——よっぽどましさ。

僕はこみ上げるものを押し殺すために、床にうつ伏せになった。こんなに調子が悪いはずのヤモちゃんからは、不思議と以前と変わらない優しい木の匂いがした。

接ぎ木をして小一時間が経った頃、ヤモちゃんはゆっくりと、動き出した。

その晩、僕は夢を見た。両親の夢だった。

水面のような空間で、両親は棘だらけの植物に包まれていた。その茎には両親から流れたと思われる赤黒い血が伝っている。

僕はその光景を前に、しばらく動けなくなっていた。あんな量の血――見たことがない。そんな僕の目線を彼らに導いたのは、他でもない彼ら自身の足掻きだった。

彼らは身をよじり、なんとかしてその茨から抜け出そうとしている。僕は水面を走った。

「おとう！　おかあ！　それ、どうしたんだよう――今、そっち行くから」

僕は何もない空間から二人の元に駆け寄り、その棘を片っ端からかき分けた。鋭い棘が手のひらに刺さるのが分かる。しかし不思議と、痛みはなかった。

「こら、触るんじゃないよ」母の柔らかい声が耳に響く。

「俺たちは大丈夫だ。だからお願いだ、離れておくれ」父の力強く、それでいて優しい声がその場に轟いた。

それでも僕はがむしゃらに手を動かした。目の前には血しぶきが舞っている。

「今度こそ、僕が守るんだ——！　こんなに大きくなったんだから、次は僕が助ける番なんだ！」

父と母を失った時、僕は現場にいなかった。それがなんとも、悔しかった。現場にいたとて、なにもできなかったかもしれない。でも僕は、あの日ほど己の無力さを感じたことはなかった。

それでも今、目の前には苦しんでいる二人がいる。この大きくなった手で、助けられる。それがなにより、嬉しかった。

そんな僕を見てか、両親はより一層身体に力を込め、無理矢理にでもかいくぐろうとした。そのせいで身体には更に深く棘が刺さっていく。

「ダメだよ、二人とも！　二人は動いちゃダメだ。もう少し、もう少しで助けられるんだから」

先ほど言う通りにしなかった僕への罰か、両親は止まる素振りを見せない。

「ダメだ、待っててくれ。二人はもう、傷つかなくて良いんだ。僕は——ただ――」

僕が泣きながら止めても、二人はボロボロの身体で僕に近づき、切り傷と出血が激しい手で僕を引き寄せ、抱きしめた。

僕の頭が二人の胸に埋まった瞬間、僕たちの周りからは茨が嘘のように消えた。

「ありがとう、ありがとうね。大丈夫、あんなのにお母さんたち、負けないからね」

「ああ、俺たちはいつでもお前の近くにいるさ」

頭のすぐ上から、懐かしい声が僕を包んだ。僕の涙腺はとっくに壊れきっていた。

違うんだ、二人とも。ありがとうは、僕の台詞なんだ。そんな言葉すら口に出せないほどに、僕は嗚咽交じりに泣きじゃくっていた。

自分はこんなに成長したんだよ、それもこれも、二人とヤモちゃんのおかげなんだよ。そんなことを伝えたかったはずなのに、結局彼らに見せるのは当時と変わらない姿になってしまっていた。

涙ぐんだ目を開けると、いつの間にか夜が明けていた。相当長い時間寝てしまったらしい。日差しといい外から聞こえる音といい、そのどれもが気持ちのいい朝だった。

起きてすぐ、僕の肺には澄んだ空気が送られた。その瞬間、僕はヤモちゃんの調子が戻ったことを悟った。

ヤモちゃんの病気は、信じられないほどすっきりと治った。僕以上に驚いていたのは、デカぶつ側の人間たちだった。

彼らはヤモちゃんが治ったと知るや否や、僕宛に数え切れないほどの手紙を寄越した。病気関係なくシステムに協力してもらえないかだとか、渡せる金額が増えたからどうか再考を、だとか。挙げ句の果てにはすっかり態度を変えて添え木の分の料金を請求しようとしてきたので、僕は呆れてしばらく郵便お断りのお香を焚くことにした。

それからしばらく、僕はこれを持ちネタとして商売中に語るようになった。するとある日、ある女性がその話に猛烈に食いついてきたことがあった。

「あなた危なかったわね。それね、マッチポンプなのよ」

「は、はあ――――?」僕は初め、彼女の言っている意味が分からなかった。

「分からない? マッチポンプ。あなたのお家、病気になったでしょ? あれね、デカぶつが寄越したウイルスなのよ」

僕はギョッとした。それと同時に、多くのことが納得できた気がした。なぜデカぶつはヤモちゃんの病気にあれだけ早く気付けたのか。なぜ最新のウイルスだと恐怖を煽っておきながら、治療できる可能性にあれだけの自信を持っていたのか。なぜ治療後に僕がデカぶつに住んではいけないのか。

「アイツ、設備が良いだとかなんだとか言われてるでしょ? あれ、どうしてか。分かる? 取り込んでんのよ、良い特徴を持った樹を。あなたのは多分、この質感を狙われたのね」

彼女は僕の人形をまじまじと見つめながらそう言った。

「私の家はね、防音設計が凄かったの。どんだけ騒いでも、外に一切音が漏れないくらいね。調べて貰ったら、樹が勝手に二層構造になってて、その隙間にはジェルみたいなのが入ってるらしくて——って、特徴はどうでもいいわね。あなたと同じ手口で、私は家を奪われた。それからすぐにね、アイツの防音設計を褒めるような口コミが広がったの。おかしいと思ったわ、そんな急にどうしてって。それで私ね、隠れてあの中に入ってみたのよ——そしたら一目瞭然。私の家の特徴がパクられてたのよ」

怒りを露わにして唇を噛みしめる彼女を前に、僕はなにも言えずにいた。

「でも嬉しいわ、なんだかスカッとした。ヤモちゃん——だっけ？　この子にはお礼を言いたいわ」

そう言って笑った彼女は、小の人形を買っていった。

僕はなんだか誇らしくなった。あのデカぶつの作り出したウイルスに、ヤモちゃんはたった一人で勝ったんだ。正確には三人で、かもしれないが。

その日の仕事終わり、僕は家の中心に寝転びながら満面の笑みを浮かべていた。

「ヤモちゃん、おとう、おかあ。皆、自慢の家族だ、ほんとにありがとう。僕、頑張るからさ。これからも見ててよ」

そう呟くと、僕は「ほっ」と軽やかに身体を起こし、彫刻刀を握った。

次は——そうだな。二人組の人間でも彫ろうかな。

朝顔の忌み子

「タオル！　新しいタオルの替え持ってきてー！」

「ゆーっくりですよ、ゆっくり息を吸ってーはい、吐いてー」

「数値、全部正常です。頭見えてきてます」

「お母さん、あと少しですよー頑張りましょうねー」

数多の声が、彼女の誕生の手助けをしていた。その声の中心には、新たな命をこの世に産み出さんとする桜《さくら》の姿があった。

時を同じくして、零士《れいじ》は手を組み祈るような形で硬い椅子に座り、分娩室の外で赤ん坊の泣き声を今か今かと待っていたのだった。

桜と零士の交際は、まさに恋愛の模範そのものだった。二人が出会った大学内サークルでは、彼らは羨望の象徴として、ある意味崇められていたような存在だったのかもしれない。

そんな桜の身体に異変が起きたのは、二人が交際してから約五年半が経った頃の出来事だった。

二人が住んでいたアパートの、すぐ向かいに位置する小さな公園。

公園内のベンチでは、無邪気な子どもたちを前に幸せな会話が繰り広げられていた。

「零くん、この子の名前どうしよっか」

桜は自分のお腹をさすりながら未来のお父さんに尋ねた。

「うーんそうだなぁ、男の子と女の子、どっちの名前も考えないとだよな」

零士は顎に手を当てながら、空を見上げ考える。そんな零士の頬は、隣に座っている桜から見ても、あからさまに緩んでいた。

「そうなの。それで私ね、もし、生まれてきてくれるのが女の子だったら――〝朝乃《あさの》〟って名前にしたくって――」

「おぉ、良いじゃないか、かわいらしさもあってなんだか縁起も良さそうで

――にしてもなんで朝乃なんだ?」

零士がそう聞くと、桜は少し恥ずかしそうに下を向きながら答える。

「――零くんは初対面の時、私になんて声かけたか、覚えてる?」

初めて会った時――? 零士は明後日の方向を睨みながら、当時の状況を必死になって頭に思い描いた。

桜は「あー覚えてるぞ。あれだろ、あれだあれ」と焦る零士を見て、少し微笑みながら続けた。

「桜って名前、綺麗だね、って言われたのよ。その時はもう自分の名前に愛着なんてなかったからさ、そんなかなぁって思ったけどね、零くんと一緒に過ごせば過ごすほど、私は自分の名前が好きになっていったの。

だから、自分に娘ができたら、その子にもお花の名前を付けてあげたくって」

その瞬間、零士はこの人と結婚して良かったと、改めて心からそう思った。

「朝って――朝顔か？」零士は全力で表情を保ちながら尋ねる。

「正解！　私、植物の中だと朝顔が一番好きでさ。なんだか、皆が嫌いがちな朝を、頑張って盛り上げてくれてる感じがしない？　だからこの子には、そんな朝顔みたいに皆を笑顔にしてあげられるような、そんな子になってほしくって――変かな？」

「ううん、素敵だ。めっちゃ、良いと思う」

桜のまっすぐな想いに胸を打たれてまともな返事ができないでいる零士を見て、桜はまた笑っていた。

周りの助産師さんが各々の声を上げている中、桜はそんなことを思い出していた。これが走馬灯というやつだろうか。

もう、ダメ――落ちる――

意識が遠のくのを感じたその時、桜はいつの間にか花畑のような所に立っていた。

「へ――――?」

彼女は驚きと混乱から、自分でも耳を疑うような気の抜けた声を出していた。先ほどまで自分を襲っていた、地獄のような痛みはどこにもない。それどころか、立っている地面には赤青黄色の鮮やかな花が咲き乱れており、その中には朝顔も交ざっていた。

「綺麗――――朝乃、これからは朝ちゃんって呼ぼうかな。はやく会いたいよ――――」

桜は赤子を迎えるように朝顔に手を伸ばす。それに答えるように、朝顔のつるが桜の手のひらに向かって優しく伸びた。そのつるの先には、小さな朝顔の種が丁寧に握られている。

朝顔からのプレゼントを手のひらに受けた瞬間、桜の視界は晴れ、耳元に大きな衝撃が走った。

「おぎゃあぁ、お、おぎゃあああああ」

ある病院の分娩室から、元気な産声が響き渡る。その声でようやく桜は状況を理解した。

こんな時に私は夢を見ていたのだろうか。

「お疲れ様でした内海《うつみ》さん！　見てください、元気な女の子ですよ！」

助産師さんが先ほどまでの音量のままでそう告げる。彼女も疲れているのか、少しふらつきながら朝ちゃんを私の隣に置いてくれた。

あぁ、この子が、私の可愛い娘。

今まで感じたことのない感動が、桜の心を駆け巡った。

それから少しして零士も病室に入り、安堵を含んだ満面の笑みで朝乃と対面した。

落としてしまいそうで怖いから、と抱っこすることはなかったが、零士も感無量な自分をごまかすために、朝乃に何度も何度もいないいないばあをしていた。

その目にはうっすらと、涙が浮かんでいたようにも見えた。

魂を削るような出産を終え、しばらく経った頃。助産師の一人が朝乃を別室に移そうと、朝乃を抱っこして病室を出た。

異変が起きたのは彼女が病室の扉を閉め、二、三歩歩き始めた時だった。

突然助産師の周りが断崖絶壁に囲まれ、彼女は病室から離れられなくなってしまったのだ。下を見るのも怖くなるほどの暗闇が、彼女の一歩前に広がっている。

「は――――？　まって、どういうこと？」

助産師は訳も分からぬまま肩で目をこすった。しかし一向に目の前の景色は変わらない。

彼女は眉を曲げながら壁を伝って一度病室に戻り、キャスター付きの小さなベッドに朝乃を乗せ、もう一度病室の外を見た。

あれ、ない――――？　そこにはさっきの光景が嘘だったかのように、いつも通りの無機質な廊下が広がっていた。

「ああもう、きっと疲れてるんだわ――――この子になにかあるといけない、抱っこは止めにしよ。そうすれば万が一も落としたりすることはないはず——」

助産師はそのままキャスター付きのベッドを転がして、丁寧に別室に移動した。

そこからは先ほどの幻覚が嘘のように足取りも軽く、あっという間に指定の場所までたどり着いた。

「なんだ、やっぱり疲れてただけじゃない。あぁ、びっくりした——」

大きくため息をつきながら、また少し大きめのベッドに朝乃を移そうとした時、そのベッドの隙間から突然、ヌルッと黄土色の蛇が現れた。

「ヒッ——！」

しかもそれは一匹だけではなく次々に姿を現し、一匹、また一匹と自分の腕に絡みついてくる。

蛇特有のガタガタとした鱗と身体中の筋肉の動きが、触感として皮膚から伝わってくる。

これは、偽物じゃない。そう確信できるほどに、そこには確かな実感があった。

「やめろ、この――この子に――近づくなっ!!」

助産師は意を決して蛇に噛みつき、一匹ずつ朝乃から引き剝がした。振りほどいた蛇は地面に転がり、それでも尚自分の足に絡みついてくる。

早く、早くこの子を――! 助産師は顔を引きつらせながらも、朝乃を一つ隣のベッドに手早く移し替えた。

あれ――?

信じられないことに、朝乃をその場に置いた途端に蛇たちはその場から忽然と姿を消した。

その瞬間、助産師はあることを察した。

この朝乃という赤ん坊――この子に触れると、謎の幻覚に襲われる。

それから早歩きで休憩所に急いだ助産師は、放送を用いて病院内からできる限り多くのスタッフを集め、このことを報告した。

　そんなことはありえない、証明できない、と語る医師や看護師たちは、例外なく彼女に触れ、地獄を見た。

　見る幻覚は人それぞれで、怪物を倒そうと手を振りかぶった先に同僚がいたりした者もおり、既に皆この力を恐れ始めていた。

　関係者全員が怖じ気づいていた集会の中で、一人の男が心を決めて発言した。

　彼はこの大病院の院長だった。

「これは極めて、理解とは程遠い状況だ。しかし危険な事例がいくつかあったことからも、この件は両親にも伝える必要があると判断した。私の方から、伝えよう」

「なんの冗談ですか、朝乃が危険だなんて――まだ赤ちゃんですよ!?」

　零士は未だに院長の言葉を信用できずにおり、その隣で桜は密かにあの花畑を思い出していた。

　もしや、あの朝顔は朝ちゃんの幻覚だったのだろうか、と。

「冗談ではありません。我々も信じがたい話ですが――如何せん証人が多い。彼ら全員が結託して法螺を吹いていると考えるのは流石に無理があるだろう、というのが我々の見解です。

それでですね、本来入院期間は今日で最後ではありますが、個人の家で面倒を見ることが難しいようであれば、施設の提案も――」

院長がそう話す間も、二人のすぐ隣にはベッドに寝かされている朝乃がいた。朝乃は目を閉じながらも、居心地が悪そうに口をつぐんでいる。

零士は朝乃に触れながら院長を睨んだ。

「朝乃は、僕らの娘だ。ほら、今こうして触れていても何も起こらないじゃないか。それをまるで忌み子のように――そっちに言われなくてもこちらから出て行ってやるさ」

「――そうですか」

そう吐き捨てると零士はテキパキと退院の手続きを済ませ、朝乃を抱えながら桜の肩を支え、車で颯爽と病院をあとにしたのだった。

「――良かったんですか、院長」

ある看護師が気まずそうに院長に尋ねた。院長は深く息を吐いて唸った。

「あぁ――本人たちの意向が最優先だからね――仕方ないさ。だが――」

院長は去っていく車を眺めながら、眉をひそめた。

「彼が最後、私を恫喝していた時、彼の目線は私を捕らえていなかったんだよ――ただ興奮して焦点が合ってなかっただけだと、信じるしかないね」


家に帰ってきた二人は、変わらず重たい雰囲気に包まれていた。

荷物を置く音、服を脱ぐ音。そのどれもが嫌というほど部屋に響く。

「ねえ零くん、零くんは幻覚を見ていないのよね――？」桜は零の機嫌を伺うように慎重に聞いた。

「当たり前さ、自分たちの娘なんだから。もし、万が一、朝乃にそんな力があったとしてもだ。病院での出来事は――そうだ、朝乃が桜と離されて寂しいよーって伝えたかっただけさ。悪意なんてあるはずない。だって朝乃はまだ歩くこともできない、赤ちゃんなんだから」

それを聞いて安心した桜は、吹っ切れたかのように零士に口を開いた。

「そうね――そうよね。今だから言うけど、実はね。産む直前、私も幻覚を見た気がしたの。でもね、それは綺麗な花畑で、そのおかげで痛みもなく朝ちゃんを産むことができたのよ。

そうね、零くんの言う通り、この子は私たちが大好きなだけなのよ――」

零士はそのことを聞いて少し動揺した様子を見せたが、桜には悟られないように表情を隠し、桜を抱きしめた。大丈夫、大丈夫だと。お互いを安心させるように。

その隣で朝乃は、ただにっこりと、笑っていた。

それから少しして、零士のお母さんが朝乃に会いに二人の家に訪れた。ドアを開けて開口一番、彼女の言葉は桜の心を抉った。

「あら、お久しぶりね、桜さん。今日はね、お礼を言いに来たのよ。私、孫を見るのが夢だったから。あなたの血が通っていても、零ちゃんの娘であることには変わりはないもの。ねぇ、零ちゃん」

桜の実家があまり裕福ではないこともあり、そういうことを気にする零士の両親にはあまり好かれていなかった。

桜は正直、この姑のいやらしさに毎度参っていた。この時代遅れな気さえしてくるほどの嫌な姑の典型。これには当然零士も嫌気が差していた。

それでも今回呼んだのは、世間一般的にそうすべきで、致し方ないと判断したからだ。

「零ちゃん、この子が――なんだっけ、朝乃ちゃんだっけ？　もうちょっと良い名前はなかったのかしら。ねーあなたもそう思うでしょー」

そう言って姑は、甘ったるい声を出しながら朝乃に近づいていく。朝乃はずっと姑のことを真顔で見続けていた。

そしてとうとう姑が頬を撫でるように朝乃に触れた。桜たちは目を細めてその様子を観察していた。

「あらあら、ほんと。零ちゃんに似て可愛いじゃないない――」

姑に変化は――ない。やはり見える人と見えない人がいるのだろうか。

そう思いながら二人が胸をなで下ろしたときだった。

「なんか、この部屋ブンブン五月蠅いわね――虫でもいるんじゃないの？

――あ、やっぱり。って蜂じゃないの！　危ない！　しっしっ!!」

突然、電気のひもに向かって姑が手を煽ぎ始めた。

当然、桜たちには羽音など一切聞こえていない。しかも今までの幻覚と異なるのは、もう姑は朝乃に触れていないことだった。

まさか――朝乃の力が強くなってる――？　二人の不安はどんどん強くなってゆく。

「蜂が――こんなにいっぱい、これ、近くに巣があるんじゃないの!?

――って痛い、なにこれ――ちょっと、ムカデまでいるじゃない！」

そんな二人をお構いなしに、姑の幻覚はどんどんエスカレートしてゆく。そんな姑の姿はまるで、狂乱のマリオネットだった。

結局、幻覚が見え始めてからほんの数分で姑の身体を虫が覆い尽くしたようで、彼女は家から飛び出していってしまった。

憎たらしい存在が慌てふためいて逃げ出す様は滑稽にも見えたが、同時に不安も大きく残った。

朝乃はまだ、生後半年も経っていない。

「大丈夫だよ。今回だって朝乃は、お母さんがいじめられていることをどこか悟って、それで追い返してくれたんだ。お母さんのこと大好きだもんなー朝乃は」

そういって零士は朝乃の頬を撫でる。そんな彼の表情は非常に恍惚に見えた。

肝心の朝乃は、これまた満面の笑みを浮かべていた。

育児は基本的に桜が担当していたが、案外苦労することがなかった――ように、零士には見せていた。

どうやら零士には本当に幻覚が見えていないらしく、しばしば桜が自分だけが〝見えている、怖い〟などと言うと、零士はあからさまに嫌な顔をした。

零士は朝乃を無害だと信じ切っている。まるで朝乃に心酔しているかのように。

しかし実際は苦しいことばかりだった。ごはんをあげるにも、オムツを替えるにも、朝乃に触れないというのは非常に難易度が高い。

これは段々分かってきたことだが、嫌な気持ちを抱えている朝乃は、周囲に非常に恐ろしい幻覚を見せることがあった。

例えばお腹がすいた時や、オムツを替えてほしい時――これは桜にとっても恐怖でしかなく、近頃桜は段々朝乃に触れるのが嫌になっている自分を無視できずにいた。

それでも、朝乃がたまに見せる笑顔や、自分にだけ見せてくれているだろう天国のような幻覚が、桜の精神状態を保たせていた。

そんな朝乃も幻覚を除けば普通の赤ちゃんなわけで、夜泣きもしょっちゅうだった。

彼女の泣き声は部屋中に響き渡っており、当然零士にも聞こえているはずなのだが——なぜか零士はそういう時に限って、全くといっていいほど起きる素振りを見せない。

なんなら泣き声さえ聞こえていないのではと思わせるほどだった。

「よーしよし、怖くないよー。ごはんもさっき食べたし、おトイレもしたでしょー。大丈夫だから、ねんねしようねー」

そう呼びかける桜は、突如耳に激痛を感じ、瞬時に耳を塞いだ。

そして布団の上でじたばたと、それこそ子どものように暴れ始め、当たり前にできていた呼吸も満足にできなくなっていく。

この時、桜の耳には朝乃の泣き声がこの世のものとは思えないほどの音量となって聞こえていた。

叫び声とも、金属音とも取れないような——その音量を幻覚ではなく、直に聞いていたとしたら間違いなく鼓膜が破れていたであろうほどの不協和音。

桜は数秒聞いただけで、そのまま倒れるように失神してしまった。
こんなことが、幻覚の違いはあれど、しょっちゅう起こっていた。

『ピンポーン、ピンポーン』

いつも通り死んだように倒れていた桜を、無慈悲なチャイムがたたき起こした。

隣には――満足そうに微笑む朝乃が転がっていた。きっと零士が出勤前にごはんとトイレを済ましてくれたのだろう。

こういう時、幻覚を見ない零士にはこの上なく助けられている。できることなら育児と仕事を入れ替えたいが、私には今現在定職と呼べる仕事がない。これも致し方ないことだった。

ふらふらと扉の方に向かい、ドアから外を覗くと、そこには近所の西条《さいじょう》が立っていた。彼女はこの付近では有名な――言葉を選ばずに言うなら、少し厄介なおばさんだった。

色々なことに文句を付ける他、自分に子どもがいないからか、近所の子どもたちを片っ端から叱り散らかすことも日常茶飯事だった。

そしてそれは、赤子でさえも例外ではない。

「内海さん、いるんでしょう？　ちょっと出てきてちょうだい」

桜は慎重にその扉を開く。

「おはようございます――」

「おはよう、じゃないわよ全く。あなたのとこの赤ん坊のせいで、私たちは全然眠れてないのよ？　いい加減にしてちょうだい」

「すいません――次からはできるだけ――」

桜はとにかく平謝りすることしかできなかった。夜泣きとはいえ、迷惑をかけているのはこちら側だったから。

「うわあん、わああああああああん」

その後も絶え間なく降り注ぐ罵詈雑言にひたすらお辞儀で対抗していた矢先、桜の後ろではそのやり取りを聞いて朝乃が泣き始めていた。

いけない、最悪のタイミングだ。目の前の西条の表情が曇っていく。

「このざまで、これから先どう改善するって言うの？　説得力ってものがないわ——チッ、ほんと五月蠅いわね、私が黙らせてやるわ」

そう言ったかと思うと、西条は土足のまま家にドスドスと踏み入り、まっすぐ朝乃の方へ向かっていった。

「何するんですか！　やめてください！　警察呼びますよ！」

「別に手をあげるわけじゃないわよ、子どもってのはね、こうするの——よ！」

西条が朝乃の手を力強く摑んだ途端、朝乃の泣き声はすんと止まり、同時に西条の動きも止まった。

後ろから追いかけていた桜から見たら、そこはまるで時が止まったようだった。

「何が——どうなってるの——？」

桜が困惑していると、数秒した後で西条が止まった時間の中から脱出した。

「――ん？　あぁ、だから――こうっ、するのよ――！」

フワフワとそう言いながら西条は朝乃から手を離し、自分の手を自らの手元へと運んでいった。

両手で自分の首元を摑んだかと思うと、次の瞬間。

西条はその両手に、血管が浮き出るほどの力をぐっと込めた。

「何してるんですか、やめて――ください っ！　死んじゃいますよ!?」

桜は必死に西条の手を摑み、首と手の間に指を入れようと力を込める。

しかし西条の握力は女性のものとは思えず――というより人間のものとも思えないほどに強く、固かった。

桜が焦っているうちにも、刻一刻と西条の表情が青白くなってゆく。

「こ、れくらいでいいのよ――！　こんくらいしないと赤ん坊は――静かに――ならない、か、ら」

その言葉を最後に、西条はパタリと頭から床に突っ伏した。そこから数十秒、桜は恐怖で救急車を呼ぶことすらできなかった。

「キャキャ、あーう」

その隣で、朝乃はいつものように笑い出した。

その後病院に運ばれた西条は、まもなく息を引き取った。朝乃が、初めて力を使って人を殺めてしまった。変死、という扱いにはなったが、医者からしても首をかしげる死因だったという。西条の首元に残った指紋や手の跡は間違いなく西条のものであったため、不幸中の幸いにも桜が疑われることはなかった。

しかし医者は最後まで、この死因を認めたくないと言い切っていた。彼曰く、人間は自分で自分の首を絞めるなんてことはできないという。苦しくなれば、普通は自然とストッパーが働き、手を緩めてしまうはずだ、と。

その話を聞いた桜の身体の奥底で、何かが落ちる音がした。

桜は、この時点でひとつ、決心していた。この子は、私の大事な娘だ。自分の命よりも愛しい、我が娘だ。だから――私もこの業を、背負わなくてはならない。

桜は朝乃に聞かれないように、玄関を出て少し歩いたところで、全てのことを零士に話した。それを零士は、なんともいえぬ表情で聞いていた。

「桜、もう少し、もう少しだけ待ってみないか。力がどんどん強くなってるのは――俺には分からないけど、今回のことでなんとなく察したよ。でも、もしかしたらだぞ？　今後朝乃が成長したら、この力をきちんと操れるようになるかもしれない。

現に彼女はまだ、自分の願いに応じてしか力を使っていないじゃないか。今回だって、いきなり摑まれて、怖かっただけだよ、きっと」

そう話す零士の目に、桜の姿は映っていなかった。桜は、全てを悟った。

もうこの世で朝乃を止められるのは、私しかいないのかもしれない。

その日も、何も変わらない休日だった。零士はいつも通り朝乃を抱えて不気味に笑っている。桜はその二人に料理を作っていた。今日の献立はカレーだった。

赤子には刺激の強いものは与えてはいけない。そんなことはもう桜の頭にない。スパイスの利いた香りが部屋を覆った時、二人分の器に本来カレーの材料ではない異物が加えられた。

「零くん――あなただけは――」

そうつぶやきながら配膳をする桜の目には、涙がにじんでいた。

「『いただきます』」

いつも通りの挨拶から、我が家の食卓が始まった。零士は何口か食べた後、とうとう朝乃の目の前にある皿に手を伸ばした。そのまま幼児用のスプーンを握り、朝乃の口へとカレーを運んだ。

一口、二口。朝乃は口を尖らせながらひたすらカレーを咀嚼し、飲み込んでいた。

――遅い。零士から「どうした桜、食べないのか?」と疑われてしまうほどに、数十秒経っても朝乃の様子は一切変わらなかった。

どういうことだ。

桜は試しに自分のカレーを一口舐めてみる。――甘い。

まさか、とキッチンを見ると、そこにあったはずの〝異物〟が、砂糖に変わっていた。

やられた、この位置でも幻覚を見せられるのか。

既に桜に余裕はなくなっていた。ここまで正確で、それでいて範囲も広くなっているとなると、彼女の力はもう底が見えないところまできている。

桜はゆっくりキッチンに向かうと、冷や汗を拭いながら包丁を片手に携え、できるだけ〝普段通り〟を意識して朝乃に近づいた。

「朝ちゃん、そのにんじん、ちょっと大きすぎるね。今、切ってあげるからね」

はやる動悸を全力で抑えながら、ゆっくり、ゆっくりと朝乃の近くまで包丁を移動させてゆく。

とうとう包丁は、朝乃のお腹の辺りまできていた。その瞬間、桜の頭には色々な走馬灯が駆けめぐる。

ダメだ、ためらってはいけない。これも、彼女の仕業かもしれないのだから。

「――ごめんね」

桜は一気に手に力を込める。生々しい感触が彼女を襲った。それは人生で一番、気持ちの悪い感覚だった。

「キャキャ、んあーあはは」

固まっている桜の右耳に、上機嫌な朝乃の声が響く。朝乃の顔が、少しずつ愛しい人の顔に変わってゆく。

やめて、お願いだから、こっちが幻覚であってくれ。そんな願いは儚く散った。

「この――悪魔め――！」

もとより自分の生にしか興味がなかっただろう化け物に、今度はためらいなく刃物を向ける。

これで、全て終わる。終わってくれ、と祈りながら。

「通報があったんですけどー、誰もいないんですかー？　――入りますよー」

慣れた手つきで、二人の警官がある家に踏み入った。そしてそのどちらもが、その惨劇を見て例外なく、絶句した。

リビング以外は、まだ暖かい家庭の雰囲気が残されている。しかしあちこちに散らばるおもちゃや洋服が、この先の地獄への不穏さを引き立てていた。

家族の団らんの象徴と言ってもいい食卓は、赤黒い液体と、そこから香る死臭で包まれていた。そこには胸元に深い刺し傷がある男性と、多くの傷を負いながらも力強く包丁を握りしめている女性が横たわっていた。

女性の方はこの状況に相応しい表情をしていたが、男性の方は不気味にも口元に笑みを浮かべていた。まるで全てに満足したような、恍惚とした表情。

その異質さに、先輩警官は顔をしかめていた。

「なんだこれ――心中、ですかね」瘴気に塗れた空間で、若い警官が意を決して声を発した。

「それはまだ分からん――――というか、もしかしてそこにいるのは赤ん坊か？」

一人の警官が、二人分の死体にまみれ、地面に転がっていた血まみれの物体を指さした。遠目から見ると汚れたぬいぐるみか何かに思えたそれ、は、確かに微かに揺れているようにも見えた。

「げ、こんな中生き残ってる赤子がいるんですか。こりゃまた悲惨というか、奇跡というか」

無防備にその赤子に近づいた若き警官は、その赤子が傷一つないことに大きな違和感を覚えた。

普通一家心中するとなったら、一番力の弱いものから殺すはずじゃないか？もしやこの事件は両親の喧嘩が過激化した、とかなのだろうか。

「んー、まあとりあえず何があったかはさておき、君はちょっとお兄さんと一緒に来ようかー」

警官は先輩警官にアイコンタクトをして、小さな身体に手を伸ばした。

「うーん、キャキャ」

優しく彼女を抱える警官の腕の中で、彼女は不敵に笑っていた。

著者プロフィール

イカラシ 勇貴（いからし ゆうき）

2002年、三重県生まれ。

福井大学工学部機械・システム工学科卒。

愛知県にてシステム開発職として勤務しながら、ネット上などでは「さら坊（さらぼう）」という名で小説を連載。

カクヨムでは「三力のイザナ」「一本専心！」を連載中。

錦眼鏡

2025年3月15日　初版第1刷発行

著　者　イカラシ 勇貴
発行者　瓜谷 綱延
発行所　株式会社文芸社
〒160-0022　東京都新宿区新宿1－10－1
電話　03-5369-3060（代表）
03-5369-2299（販売）

印刷所　株式会社暁印刷

ISBN978-4-286-26266-6